KB237317

문학과지성 시인선 289

고양이 비디오를 보는 고양이

이수명 시집

문학과지성사에서 펴낸 이수명의 시집

언제나 너무 많은 비들(2011)
마치(2014)
왜가리는 왜가리놀이를 한다(2015, 시인선 R)
물류창고(2018)
도시가스(2022)

문학과지성 시인선 289
고양이 비디오를 보는 고양이

초판 1쇄 발행 2004년 5월 24일
초판 7쇄 발행 2025년 1월 21일

지 은 이 이수명
펴 낸 이 이광호
펴 낸 곳 ㈜문학과지성사
등록번호 제1993-000098호
주   소 04034 서울 마포구 잔다리로7길 18(서교동 377-20)
전   화 02)338-7224
팩   스 02)323-4180(편집)   02)338-7221(영업)
전자우편 moonji@moonji.com
홈페이지 www.moonji.com

ⓒ 이수명, 2004. Printed in Seoul, Korea

ISBN 89-320-1507-4 02810

지은이는 2003년 한국문화예술진흥원이 지원한 창작지원금을 수혜했습니다.

문학과지성 시인선 289

고양이 비디오를 보는 고양이

이수명

2004

시인의 말

빠져나간다.
빠져나갈 수 없는 각도를

그곳에서는
모든 음들이 한꺼번에 울리고 있다.

2004년 5월
이수명

고양이 비디오를 보는 고양이

차례

▨ 시인의 말

제1부

말을 시작하는 성현에게

제1부

어느 날의 귀가

집에 도착했습니다.
계단을 오르지 못했습니다.
계단 위에 거대한 얼음 덩어리가 떨어져 있었습니다.
밀어보았지만 꼼짝도 하지 않았습니다.
무엇인가 어른거리는 것이 보였습니다.
무엇인가 얼음 속에 갇혀 있었습니다.
얼음이 녹기를 기다렸습니다.
톱질했습니다.
부서진 얼음을 밟고 올라갔습니다.
집 안으로 들어갔습니다.
갇혔습니다.

이식

그가 들어섰을 때 식물이 따라왔다. 그의 뒤에 붙어서 현관으로 들어서던 식물, 식물의 커다란 잎, 우리가 말 없이 서 있었을 때, 우리보다 키가 큰 식물들이 불쑥불쑥 들어와 우리를 에워쌌다.

나는 물러섰다. 내가 한 발 앞으로 나아가면 또 다른 식물들이 내 앞에 나타났다. 식물들은 모여 있고, 식물들은 흩어지지 않고, 식물들은 만질 수 없는 가시를 가지고 있었다.

나는 기다렸다. 가시들이 혀가 되기를, 떼를 지어 일제히 속삭이기를, 속삭이면서 날아가버리기를, 가시들은 어딘가를 찌르고만 있었고, 그곳이 어디인지 나는 알지 못했다.

나는 팔을 벌렸다. 식물들 속에서, 내가 알 수 없는 그곳을 향해 팔을 벌렸다. 식물들은 단 하나의 식물이 되기 위해 불어났다. 나는 단 하나의 식물을 통과하기 위해 불어났다.

나는 붙어났다.
그를 향해
내 방에 이식된 그를 향해

나는 계속되었다.

포장품

물건은 묶여 있다. 나는 줄을 풀고 있다. 누군가 포장된 도로 위를 달린다.

물건은 포장되어 묶여 있다. 나는 포장을 동여맨 줄을 풀고 있다. 누군가 포장된 도로 위를 달린다.

물건은 여러 겹의 비닐로 포장되어 묶여 있다. 나는 비닐을 조르고 있는 줄을 풀고 있다. 누군가 포장된 도로 위를 달린다.

물건은 토막 내져 검은 비닐에 담긴 채 묶여 있다. 나는 풀수록 조여드는 줄을 풀고 있다. 이쪽을 풀면 저쪽이 엉킨다. 이쪽을 풀면 누군가 이쪽을 다시 묶는다. 누군가 포장된 도로 위를 달린다.

물건은 묶여 있다.

우편배달부 김

우편배달부 김은 편지를 가져온다.
나는 편지를 읽고 편지는
찢어지거나 서랍 속으로 사라진다.
우편배달부 김은 소포를 전해준다.
나는 받아든 책을 펼친다.
펼치는 순간 책은 숨이 멎는다.
펼치는 순간 나는 타락한다.
우편배달부 김은 미국에서, 독일에서, 서울에서 부친
이것저것을 주고 간다.
이것저것은 썩어들어간다.
열어보기도 전에 썩어들어간다.
우편배달부 김은 우편배달부 김을 배달한다.
편지도 책도 물건도 아니고
편지와 책과 물건을 배달하는
우편배달부 김
우편배달부 김
우편배달부 김만을 계속해서 배달한다.
누가 보내는 것일까
생각하는 사이
우편배달부 김은 내게 인사를 하고 물러간다.

벽돌 쌓기

비 오는 날이면 나는 벽돌을 쌓는다.
한장 한장
눈먼 벽돌들
잠자는 벽돌들을
끝없이 높이 쌓는다.
내가 잠들 때까지
내가 고함쳐 벽돌들을
와르르 깨워도
깨진 채
벽돌들이 다시 무거운 잠에 빠지고
나도 그 위에서 고요해질 때까지
벽돌처럼 붉은 침묵의 핏덩이가 될 때까지
그 핏덩이로 굳어버릴 때까지
나는 쌓는다.
비 오는 날이면
죽은 자의 이빨같이
움직이지 않는 벽돌들을
나란히 차곡차곡 가슴속에
쌓는다.
빗물이 스미지 않게

빗물이 나를 맛보지 않게
눈먼 벽돌들을

꿈

그의 꿈과 꿈 사이에 나는 나의 꿈을 놓았다. 나의 꿈과 꿈 사이에 그는 그의 꿈을 놓았다. 꿈과 꿈 사이를 꿈으로 채웠다. 푸른 새벽이면 그 나란히 놓여진 꿈들이 파도처럼 밀려왔다 밀려갔다. 꿈으로 꿈을 붙잡았다. 꿈으로 꿈을 밀어냈다. 밀다가 밀리다가 그의 꿈과 나의 꿈이 겹쳐지면서 꿈은 지워졌다. 나는 비로소 잠에 빠져들었다. 어두운 잠 속에서 꿈은 파도가 밀려간 뒤의 조개껍질처럼 드문드문 흉터가 되어 박혀 있었다.

그와 이야기를 할 때면

그와 이야기를 할 때면
나는 한 그루 사과나무가 되고
사과들을 떨어뜨린다.
그와 이야기를 할 때면
그의 눈에서 눈동자가 하나
떨어져내리는 것을 나는 본다.
나를 바라보던 눈동자가 흙이 묻는다.
그와 이야기를 할 때면
마지막 벽돌이 들어 올려지고
바닥을 알 수 없는 깊은 지하가 솟구쳐 올라온다.
나는 일어선다.
일어서서
그와 이야기를 할 때면
그 지하의 어둠 속으로 자맥질하는 한 그루 자외선
한 그루 사과나무가 된다.
나는 사과들을 떨어뜨린다.
그와 이야기를 할 때면
나는 내가 떨어뜨린 사과들을 먹는다.
사과 속에 깊이 박혀든 그의 눈동자를 먹는다.

전지가위

가지들이 자란다.
가지들이 자란다.
잘라도 잘라도
나뭇가지들이 자란다.

잘라도 잘라도 자라는
이쪽으로 저쪽으로 춤을 추며 자라나는
나뭇가지들은 즐겁다.

나는 피한다.
잘려진 나뭇가지들은 그러므로 잘려지지 않은 것이다.
잘려지지 않은 나뭇가지들은 이미 잘려진 것이다.

나는 피한다.
지상의 나무와 나뭇가지들은 모두 흩어져 있다.

가위를 벌리고
나무와 나뭇가지들을 향해
가위를 벌리고

나 혼자 이렇게 뭉쳐 있다.

벌레의 그림

벌레 한 마리 뒤집혀져 있다.
바닥을 기던 여섯 개의 다리는
낯선 허공을 휘젓고 있다.

벌레는 누운 채 이제 닿지 않는
짚어지지도 않는 이 새로운 바닥과 놀고 있다.
다리들은 구부렸다 폈다 하며 제각기 다른 그림을 그
린다.

그는 허공의 포위를 두려워하지 않는다.
그는 허공의 만삭을 두려워하지 않는다.
그는 거기에 그림을 그린다.

혀에서 지푸라기들이 자라고 있다

혀에서 지푸라기들이 자라고 있다.
뽑아도 뽑아내도
끝이 없다.
부러지고 끊어지며
혀에서 지푸라기들이 자라고 있다.

땅에
꽂혀 있는
모든 꽃들이 시들었다.

금

마룻바닥
내가 앉은 마룻바닥
내가 닦아대는 마룻바닥은 금이 간다.
내 손가락, 내 발바닥은 금이 간다.

내가 여는 문
내가 미끄러지는 타일
내가 마주친 벽은 금이 간다.
나는 금 속으로 들어선다.

금은 금과 부딪친다.
금을 부수고
금의 시체를 먹으며
금은 자란다.

나는 금을 따라 걷는다.
금들이 부딪치는 한가운데
꽃이 피어 있다.
나는 몸을 구부린다.

내가 몸을 구부리자
꽃이 많아진다.
더 작은 꽃
더 미세한 꽃들이 피어난다.

분할되고 분할되고 분할되는 기계들이
다시 분할될 준비를 하고 있다.
더 작은 금
더 미세한 금 속으로
소용돌이가 되어 사라질 준비를 하고 있다.

나는 금을 긋는다.
금 속에서
움직이는 금을
그 보이지 않는 한 토막의 누드를 그린다.

먹이

줄에 매여
개가 접시를 핥고 있다.
접시가 얼마나 반짝이는지
반짝이다 깨어지는지

그의 혀가 얼마나 긴지
그 혀는 천천히 자신의 얼굴을 핥고
줄을 잡고 있는
내 얼굴을 핥고 지나갔다.

트랙

　벽 속에 한 무더기의 전선들을 심는다. 벽을 따라 전선들을 심는다. 내가 심은 전선들은 내가 심은 전선들과 얽혀 내가 심지 않은 전선들을 만들어낸다. 죽은 전사들의 시신을 넘는 전선들을 만들어낸다.

　나는 간혹 스위치를 올린다. 전선들을 따라 전류들이 흐른다. 내가 타는 전류들은 내가 타는 전류들과 얽혀 내가 타오르지 않는 전류들을 만들어낸다. 죽은 전선들의 시신을 차갑게 이동하는 전류들을 만들어낸다.

해부

눈은 없고
피만 있다.
피가 눈을 뜬다.

어둠 속에 들어선 빛
빛 속에 들어선 어둠

입은 없고
입속으로 사라진 비명 소리도 없고
피만 있다.
피가 입을 벌린다.

집은 없고

집을 들고
유리창들이 일시에 날아가버리고

빛 속의 빛
어둠 속의 어둠

너는 없고
너를 디자인하는
피만 있다.

나는 피를 닦는다.

피는 없고
나는 피투성이다.

스무 개의 상자를 들고 오는 스무 명의 사람들

그들이 온다. 그들이 다가온다. 거리를 가득 메우고
조금씩 천천히 다가온다.

모르는 얼굴들이다.
나는 모른다.

그들이 온다. 이리로 향해 온다. 손에 하나씩 상자를
들고 상자들을 들고 말없이 똑바로 걸어온다.

모르는 상자들이다.
나는 모른다.

무국적자, 불법 체류자, 방화범, 무단 침입자, 금치산
자, 탈옥자, 좀비,

나는 모르지만 나를 알고 있는 얼굴들이다. 나는 피하
지만 나를 피하지 않는 얼굴들이다. 나는 뚜껑을 열었지
만 다시 닫힌 상자들이다.

그들이 온다. 한꺼번에 온다. 손에 똑같은 상자를 들

고 상자들을 들고 말없이 가까이 다가온다.

　나는 그들이 지나가기를 기다린다.
　나는 기다린다. 나를
　그들이 에워싸기를 기다린다.

풀

풀을 핥았다.
풀을 잠재우려고
풀 속 깊이 누우려고
풀을 핥았다.
혀를 베이며
혀 속 깊이 자라나는
수많은 뿌리 없는 혀들을 베이며
풀을 핥았다.
풀이면서 풀 아닌 것에
풀보다 더 가까운 것에
풀 속에 똬리 튼 뱀에 이르기 위해
풀을 핥았다.
풀에서 멀어져가는
풀에서 깨어나는
새로운 풀을 쫓아
풀을 핥았다.

도둑고양이

고양이가 또 쓰레기를 뒤졌어요. 쓰레기봉지가 여기저기 터져 있어요. 막아도 봉해도 소용없어요. 이젠 집에까지 들어오고 있어요. 빵이나 과자, 장바구니에 담긴 생선들이 자꾸 없어져요. 나도 자꾸 사라지고 있어요. 고양이가 나를 훔쳤어요.

검은 고양이

저녁이면 고양이는 나와 함께 귀가했다. 나와 함께 저녁을 먹고 TV 보고 같이 잠자리에 들었다. 아침에 눈을 뜨면 나는 고양이를 잊었다. 신문을 보고 가방을 챙겨 집을 나섰다. 나는 하루 종일 눈이 침침해지도록 교정을 보았다. 그리고 그 침침해진 시야 안에 고양이는 나타나는 것이었다. 처음에는 검은 형체뿐이다가 차츰 윤곽이 뚜렷해지고 생김새도 분명해졌다. 그러면 나는 고양이를 따라 귀갓길에 올랐다.

어느 날 귀갓길에 나는 차 밖으로 고양이를 내던졌다. 이후 고양이는 나타나지 않았다. 다시 나는 눈이 침침해지도록 교정을 보았다. 그리고 그 침침해진 시야 안에 침침한 눈을 부비고 있는 고양이의 모습이 보였다.

고양이 비디오를 보는 고양이

고양이 비디오를 틀어놓고
고양이가 하나 둘 셋
의자에 하나 둘 셋
바닥에 하나 둘 셋
창틀에 하나 둘 셋

고양이를 관람하는 고양이들

고양이를
관람하는 고양이를
관람하는 고양이들

거대한
고양이 인형들

모두들 고양이를 추모한다.
고양이 비디오를 틀어놓고

모두들 고양이 흉내를 낸다.

고양이를 끄고 싶은데
고양이 비디오를 끄고 잠들고 싶은데
비디오는 계속 돌아가고

고양이도 계속 돌아가고

고양이를 따라
고양이를 소비할 뿐

고양이 흉내를 내지는 않고

고양이 비디오 앞에
고양이가 하나 둘 셋

제2부

두 개의 문

그는 두 개의 문을 가지고 있습니다. 들어가는 문과 나오는 문입니다. 일하러 갈 때, 누군가를 만나러 갈 때, 가벼운 산책을 할 때도 그는 이 문들을 가지고 다닙니다. 들어가는 문을 통해 들어가 하루의 일들을 처리한 뒤 나오는 문을 통해 나옵니다. 하지만 어떤 날은 들어가는 문으로 계속 들어가기만 합니다. 들어가고 들어가도 들어가지 못하고 밖에 서 있기 때문입니다. 어떤 날은 나오는 문으로 계속 나오기만 합니다. 나오고 나와도 빠져나오지 못하고 붙들려 있기 때문입니다. 그는 때로 들어가는 문으로 나오고 나오는 문으로 들어가야 합니다. 방향을 잃었기 때문입니다. 혹은 방향이 잘못되었거나 없기 때문입니다. 드물지만 세워놓은 자리에서 문이 사라지기도 합니다. 그러면 문을 찾아 헤매느라 그는 돌아오지 못합니다. 그가 문을 찾다 지쳐 쓰러지면 문이 그에게로 돌아옵니다. 그는 다시 자신의 문을 들락거립니다. 달팽이가 집을 지고 다니는 것처럼 그는 문을 지니고 다닙니다. 그의 문을 본 사람은 없습니다. 사람들은 '폐문'이라 쓰인 거대한 닫힌 문 앞에 서 있을 뿐입니다.

나를 구부렸다

복도 끝에 너는 서 있다.

너에게 가려고
가지 않으려고
나는 허리를 구부렸다.

그때 피어난 바닥의 꽃을 향해
그때 숨어든 꽃의 그림자를 향해
허리를 구부렸다.

구부러진 채
나는 펴지지 않았다.

복도를 떠돌던
나의 빛은 구부러진 채
나의 나날들은 구부러진 채
펴지지 않았다.

가만히 손을 내밀었다.
그때 흔들린 꽃에 대해

그때 사라진 꽃의 그림자에 대해

나는 말하지 않았다.
너에게 가려고
가지 않으려고

구부러진 채

너무 많은 손

나는 너무 많은 손을 가지고 있다.
벽이 많지만 벽보다 더
문이 많지만 문보다 더
많은 손을 가지고 있다.

내 많은 손이 많은 벽을 만들고
내 많은 손이 많은 문을 만든다.
내가 만지는 순간
벽은 벽이 되고
벽은 또 다른 문이 된다.

내 손자국은 그를 항상 아프게 했다.

내 많은 손은 공을 잡지 못한다.
내 많은 손은 공을 어지러워하고
스스로 어지러울 뿐
공처럼 튀어오르지도
공처럼 허공 속을 질주하지도 못한다.

내 손들은 모두 다른 청진기들을 가지고 있다.

내 손들은 각기 다른 처방전들을 쓰고
벌써 다른 약들을 움켜쥐고 있다.

홀로 식사를 하는 순간에도
테이블 위엔 나의 손들이 즐비하게 늘어져 있다.
포크들처럼
일제히 손을 들고 서 있는 포크들과 나이프들처럼

검은 프라이팬

아침마다 검은 프라이팬에 요리를 한다. 무엇이든 섞는다. 무엇이든 녹이고 익힌다. 무엇이든 뒤집는다.

검은 프라이팬 속에서 탁탁 튀어오르며 지글지글거리며 일순 뻣뻣해지다가 부드럽게 숨이 죽는 것들, 바라본다.

태운다.
그것들을
바스락거리지 않을 때까지

검은 프라이팬에서 검은 덩어리를 꺼내 먹는다. 형체를 잃어버린 검은 덩어리들을 그릇에 가득 담아 퍼먹는다. 먹고 먹인다.

사금파리
사금파리

눈이 부신

아침마다 손잡이가 긴 검은 프라이팬을 집어든다. 크
고 작은 프라이팬들이 일렬로 걸려 있는 벽 앞에서

사금파리를 씹던 기억들

비명 소리

비명 소리를 들었다.

아무도 없는데

빈방인데
빈병들을 일렬로 세웠을 뿐인데

비명 소리를 들었다.

어두웠는데

어두워서
커튼을 조금 열었을 뿐인데

벽을 타고
비명 소리가 마구 올라갔다.
나도 따라 올라갔다.

이 벽에 사다리를 걸치고
저 벽에 사다리를 맞추고

입 없는 사다리들

복제된 사다리들

올라가다
사다리를 벽에서 떼었는데

화살들

사방에서 화살들이 날아왔다.
날아와 부러졌다.

비명 소리를 들었다.
내가 지른 비명 소리

부러진 화살의 비명 소리

서랍 속의 벌레

서랍이 늘어났다.

이제 나의 눈은 더 많은 서랍
나의 귀는 더 많은 서랍
나의 손은 더 많은 서랍이 되었다.

나의 몸은 서랍과
서랍들이 되었다.

서랍들이 전시실에 전시됐다.
서랍들이 지하실에 버려졌다.

무엇이 어디에 있는지

나는 알지 못했다.
이 서랍을 열고
저 서랍을 열다가
무엇을 찾는지조차 잊어버렸다.

열린 서랍은 저 혼자

닫히고
닫힌 서랍은 어느 날 갑자기
불쑥 열렸다.

서랍들이 서랍 위로 쓰러졌다.
서랍들이 서랍 속에 매장됐다.

내가 벌떡 일어섰을 때
모두들 이상하다는 듯이 나를 쳐다보았다.
나는 이상하다는 듯이 나를 쳐다보았다.

나는 이상하다는 듯이
서랍에서 서랍으로 옮겨다니는
작은 벌레 한 마리를 쳐다보았다.

금지된 놀이

머리를 덮으며
머리카락이 자랐다.

아이들은 인형을 던지며 놀았다.

한 아이가 인형을 가지고 노는 것이 금지되었다.
한 아이가 옆집 아이와 노는 것이 금지되었다.

머리카락을 덮으며
머리카락이 자랐다.

한 아이가 노는 아이인 것이 금지되었다.
한 아이가 아이인 것이 금지되었다.

검은 머리카락 몇 올이 날아다녔다.

아이들은 보이지 않는 인형을 던지며 놀았다.

한 아이가 금지된 인형을 가지고 노는 것이 금지되었다.
한 아이가 금지된 울음과 노는 것이 금지되었다.

한 아이가 숨어서
숨죽이고 있는 것이 금지되었다.

머리 없는 곳에서
머리가 금지된 곳에서
머리카락이 자랐다.

면도

벽 속에 그의 수염이 있다.
벽 속에 그의 얼굴이 있다.
벽 속에 끝나지 않은 하루가 있다.
깎아내야 할 순간들이 있다.

집에 돌아오자마자 그는
벽 속에 모든 것을 밀어넣는다.
밀어넣는 자신의 동작까지
남김없이 넣어버린다.

그리고 한밤중에 홀로 일어나
벽 속에 들어가서
그는 자신의 수염을 깎는다.
수염에 덮여 있는 얼굴을 깎는다.

얼굴에 섞여 있는
얼굴이 되지 못하는
얼굴

그 낯선 것은 얼마나 뒤늦게 떠오르는 것일까.

얼마나 빨리 사라지는 것일까.

깎인 얼굴들이 세면대로 떨어진다.
뾰족한 얼굴들
새파란 얼굴들

어제보다 긴 얼굴을 달고
그는 생각한다.
사람들이 그를 알아보는 것은 얼마나 신기한 일일까.

너의 얼굴

　　빌딩들 속에서 너의 얼굴은 둥근 바퀴와 같았다. 빌딩과 빌딩 사이로 그렇게 천천히 허공을 굴러가는, 허공 중에 떠 있는, 멈춰버린 바퀴. 정오였다. 너의 얼굴은 멈춰버린 바퀴였다. 가시덤불을 헤치고 있는 태양이 가시덤불이 되는 시간, 가시들 하나하나가 태양빛이 되어 빛나는 시간, 사람들이 더 이상 굴러가지 않는 바퀴들로 멎고 있었다. 너를 막고 너처럼 허공에 서 있는 군중들. 매달려 있는 도시의 외바퀴들. 너는 그들에게서 빠져나가지 못했다. 네게서는 심한 탄내가 났다.

실내

의자들은 천장에 매달려 있다.
우리는 테이블 아래 엎드려 있다.
아무도 고개를 들지 않는다.

테이블 아래서 우리는 공을 굴린다.
튀어오르는 공
부딪치는 공
우리는 엎드려 공을 굴린다.

하나의 공 뒤에는
수백만 개의 공이 있다.
우리는 공을 던진다.
우리는 우리의 실내를 부순다.

공에서 손이 나와
공을 허공에 세운다.
우리는 천장에 매달려 있다.
의자들은 테이블 아래 웅크리고 있다.

새 한 마리

공중에서 새 한 마리
떨어지고 있어요.

내가 쏘았어요.
내가 물감을 쏟았어요.

웃으며 달려갔지만
아무도 없어요.

새가 떨어진 자리에
새는 없어요.

나 혼자 물감을 쏟았어요.

공중에서 새 한 마리
떨어지고 있어요.

내가 쏘았어요.
내가 물감을 쏟았어요.

웃으며 달려갔지만
나는 없어요.

새 혼자 물감을 쏟았어요.

의자의 구조

하나의 의자 위에 두 개
두 개의 의자 위에 세 개
세 개의 의자 위에 네 개
네 개의 의자 위에 다섯 개의 의자가 있다.

다섯 개의 의자 위에 아홉 개
아홉 개의 의자 위에 스무 개
스무 개의 의자 위에 쉰한 개의 의자가 있다.

의자, 의자, 의자가 의자 위에 있다.
더 많은 의자가 있다.
셀 수도 없이 많은 의자가 있다.

우리는 날마다 더 많은 의자에 앉는다.
수백, 수천 개의 의자에 앉는다.

의자 위에서 의자 아래서
의자는 무게가 없어진다.
의자 위에서 의자 아래서
의자는 의자를 누르지 않는다.

우리는 의자를 누르지 않는다.

떠받들 뿐이다.
의자에 앉아서 의자들을,
머리 위의 의자들을
떠받칠 뿐이다.

마네킹

그가 마네킹을 끌고 간다.
지나치는 상점마다 마네킹들이 서 있다.
상점의 유리 너머에서
마네킹들이 그를 보고 있다.

한낮의 거리를
그가 마네킹을 끌고 간다.
두 개의 그림자가 엎치락뒤치락한다.
어디선가 깔깔대는 소리가 들린다.

그는 멈추어 서서
몸에 꽂히는 웃음소리들을 뜯어낸다.
그를 잡고 있는 마네킹의 손가락들을
뜯어낸다.

그가 다시 마네킹을 끌고 간다.
아직 그의 몸에 꼭 맞지 않는
한 덩어리의 시신을 끌고 간다.

상점의 유리 너머에서

마네킹들이 그를 보고 있다.
그가 마네킹에 끌려가는 것을
땀을 뻘뻘 흘리며 끌려가는 것을

비 오는 날

비 오는 날, 나는 비를 흠뻑 맞고 걸어가는 한 사람에게 우산을 씌워주었다. 그는 우산 속에서 쉴새없이 말했다. 알아들을 수 없는 말이었다. 그 말들은 느릿느릿 내게 왔기 때문에 피가 멎어 있었다. 바다 밑바닥을 붉은 게 한 마리가 걸어갔다. 아주 잠깐, 바다가 이동하는 동안, 게가 바다를 나르는 것이 보였다. 헤어지기 직전에 그는 살려달라고 했다. 붉은 집게를 벌리고 느릿느릿 게는 걸어왔다. 빗방울들이 한없이 커지고 있었다.

낙하산을 편 채

비 오는 날,
나는 우리가 어디서 왔는지 알 수 있었다.
비 오는 날 우리는 낙하산을 편 채 걸어갔다.

현상 수배

그는 현상 수배범이다. 많은 사람들이 오가는 넓은 거리의 게시판에 걸려 있다.

사진 속에서 그는 웃고 있다. 전단지가 햇빛에 누렇게 바래고, 빗물에 얼룩이 져도, 이 손이 뜯고 저 손이 찢어도 웃고 있다. 그는 산산조각나고 있다. 어느 날 한 쪽 눈이 없어지고, 또 어느 날 한 쪽 귀가 사라졌다. 남은 형체도 검은 펜으로 뭉개지고 있다. 그래도 그는 웃고 있다. 그는 위험 인물이다. 그가 저지른 위험한 일들이 어디선가 또 저질러지고 있다. 어디에서? 그는 어디에 있는가?

사진 속에서 그는 웃고 있다. 웃으며 이쪽을 넘보고 있다. 그도 자신을 찾고 있는 것이다. 그는 위험 인물이다. 그는 자신을 현상 수배한다.

또 하나의 탈출

집으로 돌아가는 길은 멀었다. 상점들은 문을 닫았다. 어둠 속에서 길은 보이지 않게 구부러졌다. 길을 잡아당기는 내 손은 물집투성이였고, 손톱은 자꾸 부러졌다. 한 발자국 한 발자국 발은 놀란 듯이 땅에 떨어졌다. 발은 힘센 어둠을 밀고 걸어가기가 어려웠다. 거리에서는 한 블록을 지날 때마다 매복되어 있는 짐승을 만났다. 짐승들은 어디선가 갑자기 뛰쳐나와 나를 뛰어넘으며 으르렁거렸다. 나는 가끔씩 뛰었다. 짐승들의 울음소리가 나를 앞질렀다. 나는 뛰었다. 헉헉대며 가까스로 집에 당도해 나동그라졌다. 그때 쓰러진 채 나는 본 적도 없는 거대한 짐승 하나가 내 안에서 뛰쳐나가는 것을 보았다. 그 짐승은 지붕을 넘어 사라졌다. 지붕의 기왓장들 하나하나가 차례로 떨어져내렸다.

그 방을

그 방을 재려 했다.
그 방의 폭을
길이를
높이를 재려 했다.

줄자가 끊어졌다.
그 방을 감고 있는 나의
두 팔이 끊어졌다.

그 방을 재려 했다.
크고 작은 바퀴들이 엉켜 돌아가고 있는
바퀴 속에서 바퀴들이 쏟아져나오는
그러나 정지해 있는 그 방을
재려 했다.

줄자가 끊어졌다.
시간의 줄자
소리치는 한숨 쉬는 조금씩 더 강력해지는
시간들이 끊어졌다.

그 방을 재려 했다.
그 방의 두꺼운 뚜껑을 열고
뚜껑을 닫고
다시 뚜껑을 열고

줄자가 끊어졌다.
내 몸의 관절이 하나하나 끊어졌다.
방에 들어서지도 못한 채
방을 떠나지도 못한 채

신발장 속의 신발들

신발장 속에서
신발들이 놀고 있다.
무늬가 없거나
무늬가 없어 번쩍이거나

발 없이
서로 부딪치는 신발들
넘어질 발이 없어
넘어지는 신발들

일으켜 세워본다.
인간을 들고 다녀도
인간을 무거워하지 않는

구름으로 만들어진 신발들

눈을 떴다가 감았다

그가 책상에서 작업하는 동안 그의 개는 책상 밑에서 졸았다. 그의 작업이라는 것은 자를 대고 연필로 여러 가지 선을 그리는 일이었다. 때로 지워진 선들이 지우개 가루와 함께 책상 밑으로 떨어졌다. 그때마다 그의 개는 잠시 눈을 떴다가 다시 감았다. 그의 발에 걸려 있던 슬리퍼가 툭 떨어졌을 때에도 개는 눈을 떴다가 다시 감았다. 그가 종이를 구깃구깃 구겨 던졌다. 이번에도 개는 눈을 떴다가 다시 감았다. 그가 벌떡 일어서서 방을 나갔다. 그러자 어디서 나타났는지 수많은 다리들이 재빨리 그의 뒤를 따라나갔다. 그의 개는 마지막으로 눈을 떴다가 다시 감았다.

그림자 놀이

사람들 속에 펭귄이 한 마리 서 있었다.

박수 치고 환호하는 사람들 속에 두 날개를 몸에 꼭
붙이고 펭귄이 한 마리 서 있었다.

몸을 숙이고 땅에서 무언가를 집어올리려는 사람과
그의 손목을 향해 총을 쏘는 사람의 사이에 움직이지 않
고 펭귄이 한 마리 서 있었다.

건물 안으로 떼지어 몰려가는 사람들과 건물 밖으로 쏟
아져나오는 사람들에 파묻혀 펭귄이 한 마리 서 있었다.

서로 마주보며, 서로 지나치며, 서로를 지우는 사람들
의 몸짓 속에서 지워지지 않고 펭귄이 한 마리 서 있었다.

땅 위의 검은 그림자들 그림자들
그림자들

사람들의 검은 그림자는 한없이 길어지고 그 속에 짧
은 펭귄이 한 마리 서 있었다.

사람들 속에 펭귄이 한 마리 서 있었다.

모자

모자를 벗는다.
모자 속에 웅크리고 있던
여러 개의 머리들이 우르르 쏟아진다.
머리들이 빙글빙글 돌아간다.
돌면서 모두 다른 곳을 향해 간다.
머리의 땀을 식히고 난 후에는
나는 전보다 더 큰
더 두터운 모자를 짠다.
천둥 번개들을 덮을 어둠을 짠다.

투명한 물고기

너를 뒤따르던, 네가 뒤따르던 빛의 뒷굽이 닳고 있다.

너는 너의 기형의 지느러미를 내밀어
끊어진
빛의 그네를 탄다.

물이 헝클어진다.
너는 물의 고리들을 모두 토하고 있다.

소리

아무 소리도 나지 않는다.
내게서 아무 소리도 나지 않는다.
텅 빈 옷이 걸어다닐 뿐
주름진 셔츠 속에서
빳빳한 칼라 속에서
아무 소리도 나지 않는다.

소리가 없다.
내가 나타나는 소리
내가 머물러 있는 소리
내가 사라지는 소리
내가 없는 소리

소리 없이 나는 쏟아지는 소리들을 듣는다.
컵이 떨어져 쨍그랑 깨지는 소리
창문이 끼익 닫히는 소리
의자들이 끊임없이 위치를 바꾸는 소리
소리들이 부딪치는 소리

나는 이쪽저쪽으로 달아난다.

소리에 맞아
소리에 멍들어가며
소리를 품고
도망간다.

아무 소리도 내게서는 나지 않는다.
나는 나를 접어 종이비행기를 날린다.
종이비행기는 허공에 걸려 기우뚱하다가
소리 없이 땅에 떨어진다.
두 팔 벌린 그대로 땅에 떨어진다.

벽을 바라보는 눈

너를 둘러싸고 있는 벽은 고요하다. 하지만 벽을 더듬
지 말아라.

벽에는 도끼가 있다. 벽을 따라 흘러다니는, 벽처럼
고여 있는 도끼가 있다.

벽에서 도끼를 꺼내라.

도끼는 부순다. 부술 때 내는 소음을, 부술수록 커지
는 소음을, 부서지는 존재의 비명을 부순다.

벽에서 도끼를 꺼내라.

부스러기들
부스러기들
너의 두개골 속에서 끊임없이 잘게 부서지고 있는 부
스러기들

이미 부서진 것들과
아직 부서지지 않은 것들 속에 잠길 뿐

너는 아무것도 막을 수 없으므로

너를 둘러싸고 있는 벽에서
잠자는 도끼를 꺼내라.
벽에 갇힌 너의 도끼를 꺼내라.

네가 먼저 부서져 소멸해버리기 전에

개미의 날개

개미들이
마당을 먹어치웠어요.

자신의 집도
길도
모두 먹어버렸어요.

순식간에

순식간에
내 입에는 자갈이 물렸어요.

개미들이
욕설처럼 날아다녔어요.

날아다니며
날아다니는
흉내를 냈어요.

순식간에

순식간에
내 목은 쉬어버렸어요.

피아노 독주

나는 아직도 건반을 누르고 있다.
마스크를 쓰고
장갑을 끼고
하나인지 여러 개인지도 모를
건반을 두드리고 있다.
사람들이 왔는데
와서 피아노를 트럭에 실었는데
싣고 멀리 사라졌는데
그들을 쫓아가지는 않고
쫓아서 멀리
나도 이 마을을 벗어나 영영
그들처럼 사라지지는 않고
내 손가락 발가락
내 무거운 몸은
하나인지 천 개인지도 모를
존재하는지 아닌지도 모를
건반을 내리누르고 있다.
건반이 끊어져도 모르고
끊어져 흩어져버려도 모르고
흩어지는 건반 사이로

쏟아지는 소리를 두들겨대고 있다.
마스크를 쓰고
장갑을 끼고
이렇게

물결

몸을 던진 사람은 떠오르지 않는다.

떠오르는 것은 독수리
독수리의 눈
눈에서 이는 불길

물 위에는
타오르는 불길

끝없는 물결뿐

도망

나는 자꾸 달아나는데, 불빛을 피해, 불빛을 찾아, 한 발 한 발 멀어지는데, 내 구두 속에는 나를 물고 있는 도마뱀이 있다.

나는 보이지 않게 피를 흘린다. 몸속에서 몸속으로 흐리는 피, 피의 도망, 바늘이 온몸을 휘돌고 있다.

그러나 나는 이미 모든 나무를 베었다. 수직의 나무, 수평의 나무, 나는 이미 나무에 매달려 있던 나를 베었다.

비둘기 옆의 비둘기

비둘기를 따라갔어요.
비둘기 옆의 비둘기
옆의 비둘기 옆의
비둘기를 따라갔어요.

비둘기는 담장 높이 있어요.
나는 쭈그리고 앉았어요.

비둘기를 따라갔어요.
비둘기 옆의 비둘기
옆의 비둘기 옆의
비둘기를 따라갔어요.

거품으로 된 비둘기 발목을 따라갔어요.

나는 쭈그리고 앉았어요.
나의 비둘기도 쭈그리고 앉았어요.

우리는 서로 흙을 뿌렸어요.

비둘기를 따라갔어요.
비둘기 옆의 비둘기
옆의 비둘기 옆의
비둘기를 따라갔어요.

비둘기는 보이지 않았어요.

나는 보이지 않는 상대와 쭈그리고 마주 앉았어요.
우리는 서로 흙을 뿌렸어요.

시간의 손가락

입 없는 금붕어를 키웠다.
검은 입
붉은 입
뱃속으로 삼켜버린
입 없는 금붕어를 키웠다.

벽에 옷을 걸었다.
모자를 걸고
신발을 걸고
나를 걸고
걸고 있는 나를 또 걸었다.

당신이 돌아왔다.
난로를 피웠어요.
선인장을 옮겨 심었어요.
죽지 않는 벌레가
거기 있었어요.

당신이 다가왔다.
당신의 수천 개의 손가락 사이로

나는 빠져나갔다.

거대한 테이블

매일 우리는 거대한 테이블을 만들었다.
거대한 빵과 거대한 과일, 넘치는 포도주
우리들이 앉을 수 없는 큰 의자를 만들었다.

빙빙 돌면서, 이쪽을 높이고 저쪽을 키우면서
커가는 현기증 속에서
우리들이 오를 수 없는 거대한 테이블을 만들었다.

우리는 구석에서 살았다. 거대한 집을 만들고
거대한 우주를 만들고
우리들을 볼 수 없는 구석에서 살았다.

그리고 기다렸다. 누군가를
테이블의 주인을
테이블을 뒤엎을 그를.

제3부

통나무 의자

처음에 아름드리 통나무를 한 번 잘랐다. 세워놓고 바라보았다. 의자를 만들어야지. 통나무 위에 앉았다가, 거친 부분을 약간 손질하기로 했다. 그러던 것이 깎아내고 깎아내다 의자는 작아졌다. 작아지고 반듯해졌다. 못질 마무리를 하고 의자를 높이 들어올렸다. 꽈당 떨어지는 의자 위에 주저앉았다. 의자는 주저앉았다. 의자를 만들어야지.

수챗구멍

물이 내려가지 않는다.
물이 빙글빙글 돌기만 한다.
나무젓가락, 이쑤시개, 철사 등을 가져와
수챗구멍을 덮은 플라스틱 뚜껑을 연다.
물을 막고 있는 것들을 건져 올린다.
손가락들, 발과 다리들, 얼굴들, 닳은 육체들
씻겨 내려간 줄 알았던 것들이
씻겨 사라져간 줄 알았던 육체들이
육체의 육체들이
젖은 쓰레기가 되어 뭉쳐 있다.
검은 눈이 되어 바라보고 있다.

데칼코마니

땀은 몸 밖으로 난다.
그리고 몸 안으로도 흐른다.

밤
유리창으로 내가 밖을 바라볼 때
유리창에는 안을 바라보는 또 하나의 내가 있다.

그 유리창을 열어놓는다.
그 유리창이 저절로 닫힌다.

처음에 기둥에 못을 몇 개 박은 뒤
나는 못을 밟고 올라갔다.

올라갔다고 머무를 필요는 없다.
올라갔다고 굳이 내려올 필요는 없다.

나의 못들을 뺄 필요는 없다.

어떤 동물들은 뿔이 있다.
어떤 동물들은 굴 속에 산다.

마흔

　마흔이 되자 그의 손에서 다시 물갈퀴가 자라났다. 하지만 그는 헤엄치지 않았다. 헤엄쳐서 얼굴을 드러내지 않았다. 그는 엎드려 떠 있었다. 물 속에, 나뭇잎 속에, 공기 방울 속에 등을 구부리고 떠 있었다. 숨을 죽이고 진흙 속에, 지푸라기 더미에 박혀 있었다. 그의 손에서 다시 물갈퀴가 자라났다. 그는 헤엄치지 않았다. 벽을 긁어대지 않았다. 몸을 숨기고 벽 속에서 울지 않았다. 물갈퀴는 계속 자라나 그의 몸을 덮었다. 그는 물갈퀴에 가려 잘 보이지 않았다.

이빨들의 춤

집에 돌아오면 늘 이가 빠졌다. 그는 빠진 이빨들을 화장실 물컵에 넣어두고는 거울을 보며 텅 빈 입으로 웃었다. 아침이면 그것들을 하나씩 차례로 끼고 외출을 했다.

어느 날인가 몹시 피곤하여 돌아온 날 밤 그는 화장실에서 이상한 소리가 들려 잠을 깼다. 일어나 가보니 이빨들이 컵에서 나와 똑딱거리며 몸을 부딪쳐가면서 춤을 추고 있었다. "참 재미있겠구나. 나도 끼워줘." 그의 말에 이빨 하나가 대답했다. "어서 들어와." 그는 춤을 추었다. 그러자 이빨들이 컵 속으로 모두 들어가버렸다.

그는 가방 가득 물건을 팔러 다녔다. 언제나 열심히 일했지만 그의 물건을 사려는 사람이 별로 없었고, 가방은 아침이나 저녁이나 무거웠다.

그가 죽었을 때 그의 가방과 가방 속에 있던 물건들은 이리저리 흩어졌지만, 화장실에 있던 이빨들은 그와 함께 묻혔다. 그는 밤마다 이빨들과 함께 춤을 추었다.

빗물이 벽을 타고 흘렀다

빗물이 벽을 타고 흘렀다. 나는 벽 속에 있었다. 날 꺼내줘, 나는 말했다. 빗물이 벽을 타고 흘렀다. 나는 모든 소리를 들을 수 있었다. 나를 향해 가까이 다가오는 발자국, 멀어지는 발자국, 알 수 없는 울부짖음 소리, 나는 시끄러운 정적 속에 묶여 있었다. 빗물이 벽을 타고 흘렀다. 닫혀 있는 빗방울, 닫혀진 물이 벽을 흐르고 흘렀다. 벽은 빗방울 속에 흘러내렸다. 흘러내리며 벽 속에서 나는 말했다. 날 꺼내줘. 도시는 녹고 있었다. 빗물 속에 도시는 녹아들었다. 천천히 모든 것이 떠내려갔다. 날 꺼내줘, 떠내려가며 나는 말했다.

페이스 페인팅

헬리콥터가 낮게 날아간다. 소년은 자신의 얼굴에 낙서를 한다. 사람들이 웃는다. 그도 따라 웃는다. 소년은 얼굴에 헬리콥터를 그린다. 헬리콥터가 낮게 날아간다. 날아가다 땅에 추락한다. 소방수가 와서 그에게 물을 뿌린다. 그도 호스를 자기 쪽으로 잡아당긴다. 소년은 얼굴에 불을 끄는 소년을 그린다. 소년들이 몰려와 그의 얼굴에 낙서한다. 그도 그들의 낙서 위에 낙서한다. 헬리콥터가 낮게 날아간다.

어둠의 신발

어둠이 신발을 신고 있다. 어둠 속에 떨어져 있는, 끈이 길게 늘어져 있는 신발을, 아무도 신으러 오지 않는 신발을, 천천히 신고 있다. 그 좁은 입구에 어둠의 거대한 발이 들어간다. 건드리지 않고, 소리내지 않고, 신발도 모르게 들어간다. 어둠이 걷는다. 아무도 신으러 오지 않는 지상의 신발을 신고 어둠이 지상을 걸어나간다.

얼룩말 현상학

너는 얼룩말을 내리쳤다.
얼룩말의 목을 내리쳤다.

너는 이제 없다.

얼굴 없는 얼룩말들이
날마다 속삭이며
떼지어 네게 엉켜들었다.

핑핑 돌아가는 바람개비같이
얼룩말
얼룩무늬들이 빙글빙글
너를 태우고 다녔다.

너를 태운 얼룩말은 시작되지도
끝나지도 않았다.
얼룩말 위에서 너는 시작되지도
끝나지도 않았다.

하나의 얼룩말이

네게 갇힌 후

빠져나가지 못하고 모든
얼룩말들에게
너는 갇혀버렸다.

꿈의 시나리오 쓰기, 그 후

황현산

1. 두 번의 좌절

이수명의 첫 시집 『새로운 오독이 거리를 메웠다』는 명백한 좌절의 시집이었다. 이수명은 자신과 이 시대의 불행을 바닥에 이르기까지 낱낱이 열거하고 단정하게 기록했다. 단정함의 뒤에는 물론 억압된 심정이 있다. 그는 지금이 자리가 깊어질 때까지 다른 시간 속으로 탈주하려 하지 않았다. 시인으로서 그는 현실을 존중했고 자기가 이룰 수도 있는 것을 미리 검열하여 좌절의 끝을 보려고 했다.

두번째 시집 『왜가리는 왜가리 놀이를 한다』는 자주 초현실적이고 환상적이라고 평가되었던 것처럼 매우 다른 시집이었다. 그는 현실의 불행을 말하기 위해 말을 동원하는 것이 아니라, 말이 주도권을 넘겨받아 제멋대로 말하도록 말을 풀어놓는 것 같았다. 누구나 알다시피, 언어는 우리 사고의 숙명적 조건이다. 말은 엄격한 틀을 지니고 있고, 우리는 생각을 할 때도 말을 할 때도 이미 그 틀 속에 들어 있는 생각의 조각들을 조합한다. 이론상 그 경우의 수는 무한한 것이겠지만, 한 사회와 그 문화적 역량은 조합의 한계를 벌써 지시하며, 그 가운데서도 한 사람이 평생에 걸쳐 사용할 수 있는 조합은 그 사고의 범위에 제한되어 있다. 시는 이 조건의 제한을 넘어서려는 전위적 언어라는 점에서 특별하다. 시는 사고의 자유를 '꿈꾸는' 언어이며, 탈주에 성공한 사고가 조합하고 누리는 '꿈속의 언어'이다. 그러나 시는 또 한편으로 그 꿈의 진실을 묻기 위해 자신을 검열하는 언어이기도 하다. 검열이 강하다는 것은 언어가 현실 조건의 제한을 벗어나는 과정에서 그 유리한 조건과 장애 조건을 가능한 한 철저하게 긴 시간을 바쳐 따진다는 말과 다른 말이 아니다. 강한 검열은 그 꿈에 그만큼 진정한 성질을 부여하지만, 그러나 그 꿈의 싹이 돋아나기도 전에 말라버리는 불모의 비극을 부를 수도 있다.

이 비극을 오랫동안 고통스럽게 체험했던 이수명은 탈주와 검열의 관계를 역전하였다. 그는 꿈이 검열을 통과하여 돋아오르기를 기다리지 않았다. 꿈이 검열선을 뚫고 현실 속에 올라오기 전에, 현실 속에서 미리 꿈을 조작하여 그것을 다시 검열선 아래 꿈의 자리로 되돌리는 방식을 체득했다. 두번째 시집에서, 그리고 세번째 시집 『붉은 담장의 커브』에서, 시인은 자신이 꾸었거나 꾸고 있는 꿈에 관해서가 아니라 꾸어야 할 꿈에 관해서 내내 말하고 있었다. 과도하게 명석한 분별력 때문에 타자의 언어에 자리를 내줄 수 없었던 그는 주체의 검열을 통과하고 올라온 타자의 말을 받아적는 것이 아니라 그 타자가 검열을 통과한다면 마땅히 하게 될 말을 조직하였다. 그는 꿈을 미리 만들어놓고 그 설계에 따라 꿈을 꾸려 하였다. 꿈보다 꿈 이야기가 먼저 만들어지는 이 꿈을 '꿈의 시나리오'라고 부르는 것이 마땅했다.

그러나 꿈의 시나리오 쓰기가 꿈꾸기보다 더 쉬운 것은 아니다. 시나리오는 한 편에 그치지 않는다. 하나하나의 꿈이 다른 꿈과 연계함으로써 거대한 상징체계를 이루는 것과 마찬가지로 꿈의 시나리오도 그것이 꿈의 가치를 지니기 위해서는 끊임없이 다른 시나리오를 필요로 한다. 시나리오는 시나리오들 속에 편입되어 다른 시나리오들의 응원을 받아야만 말 속에 꿈의 세계가 형성된다. 그러고 나서도 불안은 여전히 남아 있다. 현실 속에서 제작된 꿈의 설계는 그것이 검열선을 뚫고 내려가 진정으로 꿈의 자리에 안착하기보다는 꿈의 외곽에서 고무풍선처럼 떠돌고 있을 염려가 있다. 꿈과 검열의 자리를 바꾸어도 문제는 여전히 검열이다. 그래서 이수명은 이 새로운 기획을 실천하면서도 여러 편의 시나리오를 그 검열에 바쳐야 했다. 꿈의 시나리오가 검열의 시나리오로 떨어지는 자리에 이수명의 두번째 좌절이 있었다.

2. 알레고리와 꿈

이수명의 새 시집 『고양이 비디오를 보는 고양이』에서도 꿈의 시나리오 쓰기와 그에 대한 검열은 계속된다. 그러나 시나리오로 제작된 꿈들이 어느 때보다도 현실 속에 강력한 대응점을 얻고 있다는 점에서 이 시집은 변별점을 지닌다. 꿈들은 현실에 덧붙여지는 또 하나의 세계가 아니라 그 꿈의 제작에 관여하고 그 조건을 제공하는 이 세계에 대한 표현이다. 이 시집의 여러 시들, 특히 제1부에 묶여 있는 시들이 엮어내는 꿈들은 일상의 그것처럼 말의 논리를 뛰어넘어 부조리한 시공 속에 용해되는 것이 아니라, 독자의 합리적 추론 앞에 그 제작자가 의도했던 '뜻'을 어렵지 않게 드러낸다. 다만 이 경우에도 꿈이 풀어내야 할 뜻을 가졌거나 합리적 해석의 얼개를 제 안에 감추고 있다기보다는 차라리 합리적 얼개를 지닌 뜻이 꿈의 형식을 둘러쓰고 나타난다는 점은 미리 말해두는 것이 좋겠다.

「어느 날의 귀가」에서, 시인은 계단을 막고 있는 얼음 덩어리를 부수고 집에 들어가기에 성공했으나 다시 집이라는 이름을 지닌 얼음 속에 갇힌다. 나쁜 꿈속에서나 나타날 이 얼음의 집이 뜻하는 것은 명백하다. 그것은 차갑게 식어 움직이지 않는 감정이고 불모에 이른 생명력이며 어떤 방법으로도 탈출할 수 없는 일상의 삶이다.「포장품」에서는 꿈과 현실의 이 대응이 좀더 복잡하다. 시인은 포장된 물건의 줄을 풀고 있는데 "누군가 포장된 도로 위를 달린다." 포장을 푸는 손은 그보다 더 빨리 포장하는 어떤 시스템의 일부일 뿐이다. 푸는 일은 묶는 일과 연결되어 있으며, 그래서 시인의 어떤 노력에도 아랑곳없이 "물건은 묶여 있다." 물건의 '포장'과 도로의 '포장', 그리고 도로(道路)이며 도로(徒勞)이며 '도로아미타불'의 도로일 '도로'가 맺는 논리적 관계는 꿈의 표상력이 지닌 압축과 전도와 생략에 기초한다. 적대하는 현실 속의 두 노력이 꿈의 언어 형식을 빌려 서로 공모한다. 「벌레의 그림」에서는 꿈과 현실이 감춰진 방식으로 서로 대응한다. 벌레 한 마리가 뒤집혀 "바닥을 기던 여섯 개의 다리"가 "낯선 허공을" 휘저으며 "제각기 다른 그림을 그린다." 시인은 이에 대해 "그는 허공의 포위를 두려워하지 않는다 / 그는 허공의 만삭을 두려워하지 않는다"고 쓴다. "두려워하지 않는다"고 말하는 시인 자신은 물론 두려워하는 사람이다. 그는 길 없는 길을 가야 할 것이 두렵고 창조를 위한 고통스런 만삭의 잉태가 두렵다. 그림 그리기에 성공하는 벌레의 뒤에는 허공의 침묵을 뚫고 용기를 뽐내어 언어를 내던지지 못하는 시인이 있다. 뒤집혀 그림 그리기는 시인의 악몽이다. 벌레의 기이한 성공은 시인에게서 그 꿈속의 고통을 감춰주고, 그와 대비되는 시인의 실패는 벌레가 현실에서 당하는 고통을 감춰준다.

이들 시에서 언어는 꿈의 표상력을 빌리고, 그 꿈은 알레고리의 형식을 취한다. 이론가들은 알레고리를 설명하기 위해 자주 상징과 대비시키는 방식을 취한다. 일반적인 설명에 따르면, 알레고리와 상징은 모두 유한한 것으로 무한한 것을 표현하며, 현상으로 개념 내지는 관념을 대신하지만, 알레고리에서 유한한 현상은 그것이 지시하는 개념 뒤로 사라지는 반면에, 상징에서 관념을 지시하는 개별 현상은 그 자체로 지시된 것과 똑같은 의미의 깊이를 지닌다. 이 점에서 알레고리가 명목화폐라면 상징은 자연화폐이다. 늑대는 모든 남자의 음흉한 욕정이라는 명목을 한 번 드러내고 그 자신의 생물적 속성을 잃지만 그 희생자인 소녀의 머리에 얹힌 모자의 빨간색은 그 빛을 잃지 않음으로써 호기심 많은 젊은 날의 들뜬 열정 그 자체가 된다. 알레고리는 기존의 보편화된 관념을 다시 반복해서 말하기 위해 개별 현상을 동원하지만 상징은 개별 현상에서 하나의 관념이 발견되는 순간에 솟아오른다. 상징에는 그 심리적 동기가 있지만, 알레고리에서 이 동기가 약화될 수밖에 없는 것은 이 때문이다.

이렇게 말하고 보면, 사실 이수명의 시가 지니는 표상력이 알레고리에 대한 이런 방식의 정의와 쉽게 맞아떨어지는 것은 아니다. '얼음의 집'도 '포장된 도로'도 '뒤집힌 벌레'도 시가 끝난 뒤에까지 자신의 품성을 누리고 제각기 하나의 풍경을 구성한다. 게다가 그것들은 한 사람의 꿈속에 자리잡음으로써 가늠하기 어려운 깊이의 심리적 동기를 얻는다. 그것들은 오히려 상징에 해당하며, 그 체계는 훌륭하다. 그러나 이를 알레고리라고 말해야 할 이유가 있다. 무엇보다도 삶의 고통을 드러내고 문명의 폐허를 비판하기 위해 동원된 악몽의 풍경은 그 자체로 파편화하고 고립되어 있다. 꿈이 그 경계를 무너뜨리고 현실 속으로 넘치는 것이 아니라 개별의 현실이 꿈의 상징적 언어체계를 빌려 그 불행한 면모를 예각화하는 자리에 상징을 통해 드러날 통합된 전망은 아직 멀다. 이수명의 시는 각기 문을 하나씩 지니고 있지만, 우화 속에 고립된 알레고리처럼 그 문들 사이에 통로는 없다. 그래서 이수명은 자신이 조작하는 꿈에 대해 비판하는 시를 시집 속에 잊지 않고 끼워넣었다. 다음은 「꿈」의 전문이다.

그의 꿈과 꿈 사이에 나는 나의 꿈을 놓았다. 나의 꿈과 꿈 사이에 그는 그의 꿈을 놓았다. 꿈과 꿈 사이를 꿈으로 채웠다. 푸른 새벽이면 그 나란히 놓여진 꿈들이 파도처럼 밀려왔다 밀려갔다. 꿈으로 꿈을 붙잡았다. 꿈으로 꿈을 밀어냈다. 밀다가 밀리다가 그의 꿈과 나의 꿈이 겹쳐지면서 꿈은 지워졌다. 나는 비로소 잠에 빠져들었다. 어두운 잠 속에서 꿈은 파도가 밀려간 뒤의 조개껍질처럼 드문드문 흉터가 되어 박혀 있었다.

—「꿈」

한 사람의 꿈과 다른 사람의 꿈 사이에 남은 공간이 없을 만큼 많은 꿈이 설치되었다. 꿈이 꿈을 붙잡고 꿈과 꿈이 겹쳐지지만 결코 합쳐지지는 않는다. 낱낱의 꿈들이 물결을 이루는 순간에 꿈을 만드는 자의 흥분이 있다면, 그 절정에서 꿈이 겹쳐지면서 지워지는 순간에는 그것들의 고립을 확인하는 검열의 쓰라림이 있다. 꿈은 상처 이상의 것이 아니어서 남는 것은 흉터뿐이다.

꿈은 알레고리를 벗어나지 못했기에 비판받지만, 알레고리가 됨으로써 자기비판의 힘을 얻는다. 알레고리가 된 이 꿈들, 더 정확하게는 꿈의 형식을 빌린 이 알레고리들은 저 두 차례에 걸쳤던 검열에 더욱 강화된 방법을 이끌어들인 것과 다르지 않다. 꿈의 시나리오가 꿈을 대신하는 정황에도, 꿈의 설계가 완성되는 순간에 꿈이 궁지에 몰리는 정황에도, 거기에는 더욱 엄혹해질 뿐인 자기검열이 있다. 시집의 많은 시가 재귀적 구성을 갖는 것은 그래서 당연하다. 「먹이」에서 줄에 매인 개가 "반짝이다 깨어"질 때까지 접시를 핥는데, 개가 핥는 접시는 개의 얼굴이며, "줄을 잡고 있는" 시인 자신의 얼굴이다. (여담:이수명은 얼굴값을 못하는 사람을 일러 "흰죽 사발 개 핥아버린 것 같다"고 비양하는 전라도 해안지방의 속담을 알고 있는 것일까.) 줄을 잡고 검열하는 손이 그릇을 깨뜨리고 제 얼굴을 깨뜨린다. 「해부」에서, 해부되는 신체의 부위에서 볼 수 있는 것은 피뿐이다. 시를 끝맺는 말은 이렇다 : "피는 없고 / 나는 피투성이다." 해부하고 검열하는 정신은 어김없이 피를 부르지만 정작 그 자신에게는 생명의 피가 없다. 자기검열은 최초의 정당했던 시도를 줄곧 배반한다. 「트랙」에서는 벽을 따라 한 무더기의 전선들을 심고 그 전선들이 스스로 새로운 전선들을 만들어내는 전망을 바라보지만, 새로운 전선을 위해 죽어야 할 전선들이 시인의 몫으로 남겨진다. 「풀」에서 시인은 풀을 잠재우고 풀 속 깊이 눕기 위해, 다시 말해서 풀과 화해하기 위해 풀을 핥지만 풀에 더욱 가까워지려는 노력, 가장 풀다운 풀, "풀에서 깨어나는" 새로운 풀을 찾으려는 노력은 그를 풀에서 멀어지게 하고 풀이 아닌 것에 이를 위험을 불러온다.

어떤 시도도 그 시도의 철저함을 이겨내지 못한다. 철저한 정신이란 이미 만들어진 것을 부정하는 정신일 뿐 다른 것이 아니기 때문이다. 쓰레기를 뒤지던 「도둑고양이」는 마침내 시인인 '나'를 훔치고, 시인에게 따라붙어 그의 시야를 "침침하게" 가리다가 차 밖으로 내던져진 「검은 고양이」는 어느 날 그 자신이 침침해진 시야를 지니고 다시 나타나 시인의 시야를 가리는 것처럼, 또한 이 모든 고양이가 「고양이 비디오를 보는 고양이」이기를 그칠 수 없고, 그 고통스런 말이 시집의 제목으로 올라선 것처럼, 시와 꿈을 실천해야 하는 사람으로서 이수명의 비극은 재귀적 자기 부정으로 이어지는 자기검열의 비극이다.

3. 검열과 해방의 현상학

부정하는 정신과 부정되는 대상이 같은 것이라면, 그 재 귀적 행위가 방향을 바꿀 수는 없을까. 이수명의 전략 지점이 거기에 있는 것은 아닐까. 실제로 이 자기부정의 검열이 깊어지면서 이수명의 꿈의 설계에는 그 우의적 표상력에 중요한 변화가 일어나, 합리적 추론에 집착하는 정신을 당황하게 한다. 알레고리는 여전히 현실에 대응하는 것이 분명하지만, 그에 대응하는 현실이 현실로서 지녀야 할 논리적 고리를 자주 잃는다. 이를테면 「서랍 속의 작은 벌레」에서 늘어나는 서랍들은 검열을 위한 분석의 칸막이들인 것이 분명하다. 시인의 몸이 서랍으로 바뀌고 서랍이 서랍을 낳고, 서랍이 서랍을 폐기하고, 열렸던 서랍이 닫히고 닫힌 서랍이 열린다. 여기까지 의미의 대응은 설명할 필요도 없이 명백하다. 잡다한 지식에 갇혀 있는 우리의 기억과 그 분별의 형식이 그러하다. 그 수많은 서랍을 지닌 큰 서랍인 화자가 벌떡 일어서서, 서랍 속을 옮겨다니는 한 마리 작은 벌레의 모습으로, 사람들에게 이상한 구경거리가 되었다는 말에도 합리적인 추론이 가능하다. 우리는 죽은 지식과 그 기억의 벌레들일 뿐이다. 그런데 벌떡 일어서는 순간이 자각의 순간이라면 거기에 왜 타인들의 시선이 개입하는 것일까. 거기에는 자각의 모호함이 있고, 검열이 검열 속으로 실종하는 어떤 계기가 있다. 「면도」에서 면도질은 벽 속에 갇혀 있으며 또한 그 자체가 벽인 얼굴에서 벽 밖으로 탈출하거나 자라나는 새 얼굴을 다시 감금하거나 깎아내는 것으로 묘사된다. 그런데 돋아나는 얼굴을 깎아내고 남은 얼굴이 왜 "어제보다 긴 얼굴"이 되는가, 왜 그 얼굴을 사람들이 알아보지 못해야 하는가. 수염을 깎아내는 것은 현실이지만 얼굴을 깎아내는 것은 꿈이다. 여기에는 꿈의 알레고리에 대응하는 현실 속에 꿈이 그대로 묻혀 있다. 그리고 이 순간에 꿈의 시나리오 쓰기는 '꿈꾸기'에 한 걸음 가까워진다.

「너의 얼굴」에서 너라고 불리는 사람의 얼굴은 태양처럼 허공을 굴러가며 허공에 떠 있는 바퀴와 같다. (이 진술에 "유 아 마이 선샤인"의 잔영이 개입하고 있는 것은 아닐까.) 어느 날 정오에 이 '얼굴/태양'의 바퀴는 멈춘다. 그 햇살이 가시덤불로 되어 바퀴의 운행을 저지하고, 허공에 매달린 다른 모든 외바퀴 얼굴들에 갇혀 빠져나가지 못하는 "네게서는 심한 탄내가 났다." 여기에는 대재난이 있다. 그러나 이 재난의 꿈은 현실에서 일어날 어떤 재난을 지시하며 그에 대응하는 것이 아니라 그 자체가 하나의 재난이다. 이 꿈의 알레고리는 꿈 그 자체를 지시하지만, 꿈이 현실에 야기한 것인지 현실에서부터 꿈속으로 스며들어간 것인지 알 수 없는 어떤 불안감이 이 꿈을 현실과 연결시키고, 시에 현실의식을 심는다. 꿈과 현실의 경계는 무너진 것처럼 보인다. 그러나 이 희귀한 결합은 곧바로 뒤이어지는 시 「새 한 마리」에 다시 나타나는 예의 자기검열에 의해

여지없이 부정되는 것 같다. 공중에서 새 한 마리가 떨어지고 있다. 그런데 실은 시인이 어떤 연유로 쏟은 물감이 새가 떨어지듯 떨어지는 것이다, ——"내가 쏘았어요. / 내가 물감을 쏟았어요." 따라서 새가 떨어진 자리에 새는 없다. 시인 "혼자 물감을 쏟았"을 뿐이다. 이어서 시는 거의 같은 말로 상황을 역전시킨다. 물감/새'가 떨어지고 그 떨어진 자리에 시인은 없다, —— "새 혼자 물감을 쏟았어요." 결국 새가 없고 내가 없고, 새의 떨어짐도 없다. 조작된 것이 아닌 진정한 창조를 실천하기 위해 시인은 자신의 주체를 지웠지만 그 주관성의 소멸과 함께 창조되어야 할 대상도 소멸한다. 시의 말은 순수 부정에 이른다.

이수명이 겪어야 했던 최초의 좌절은 해소되지 않았다. 좌절한 자리를 기초 삼아 단단한 건축을 세우려던 검열의 노력은 그를 더욱 험난한 궁지로 몰고 갔다. 그러나 이수명은 이 노력의 끝에 기진한 것도 아니고 소득이 없는 것도 아니다. 그가 이루려는 꿈을 검열이 저지하고 파괴하기만 한 것이 아니기 때문이다. 이수명은 늘 하나의 실패를 고백할 뿐이지만, 그 고백의 말이 실패를 전하는 일에 성공하는 것은 그의 검열이 벌써 형식과 깊이를 얻어냈기 때문이다. 검열하는 자가 자기 성취의 진실을 의심할 때 그가 성실하게 다시 짜내는 검열의 그물은 마침내 그 그물을 빠져나가는 꿈과 같은 형태를 얻고 같은 자유를 누린다. 마지막 시 「얼룩말 현상학」은 바로 검열과 그 대상의 현상학이다.

너는 얼룩말을 내리쳤다.

얼룩말의 목을 내리쳤다.

너는 이제 없다.

얼굴 없는 얼룩말들이
날마다 속삭이며
떼지어 네게 엉켜들었다.

핑핑 돌아가는 바람개비같이
얼룩말
얼룩무늬들이 빙글빙글
너를 태우고 다녔다.

너를 태운 얼룩말은 시작되지도
끝나지도 않았다.
얼룩말 위에서 너는 시작되지도
끝나지도 않았다.

하나의 얼룩말이
네게 갇힌 후

빠져나가지 못하고 모든
얼룩말들에게
너는 갇혀버렸다.　　　　　　　——「얼룩말 현상학」 전문

얼룩말은 그 무늬에 의해 검열의 창살이다. '너'는 얼룩

말의 목을 쳐 검열의 집착을 폐지하려 한다. 시인이 '너'라고 부르는 자는 얼룩말을 또한 '너'라고 부른다. 네가 너를 폐지하는 자리에 너는 새롭게 번식하여 수많은 얼룩말이, 수많은 검열의 네가 탄생한다. 검열의 부정은 자아 소멸의 자리인 것 이상으로 또 하나의 전망 속에 자아를 확장하는 자리이다. 시작도 끝도 없는 진실의 열정 위에서 자아는 자기 안에 검열의 얼룩말을 가두고, 얼룩말들 속에 자아를 가두지만, 얼룩말이 그 창살을 닮은 무늬에 의해서만 이 시에 동원된 것은 아니다. 그것은 넓은 초원에서 자유를 구가하는 생명이다. 시인이 얼룩말의 창살에 갇힐 때 시인은 또한 그 생명의 자유로움에 실려간다. 얼룩말이 시인에게 갇힐 때 그 검열의 창살은 시의 언어와 상상력에 단단하고 치밀한 형식을 부여한다. 이 현상학을 이해하게 된다면, 우리가 내내 '검열에 의한 실패'만을 발견할 수 있었던 시들이 어떻게 검열의 성공을 말하는 시가 되는지 알 수 있을 것이며, 그 성공의 언어가 어떻게 치밀한 검열의 장치를 벗어났는지도 알게 될 것이다. 검열하지 않는 자가 검열하는 자보다 한번쯤 더 풍요롭게 보여도 항상 풍요로운 것은 아니며, 더 멀리 나아가는 것은 더욱 아니다.

여기 르네 마그리트의 그림이 하나 있다. 화면의 오른쪽 전면에, 하반부는 무딘 맥주병이고 상반부는 싱싱한 당근인 신기한 물체가 그려져 있고, 왼쪽 약간 뒤편으로 맥주병 하나와 당근 하나가 놓여 있다. 그림의 제목은 「설명」 *L'Explication* 이다. 검열하고 분석하고 설명하려는 습관이 이 물체에서 그 신기함을 박탈하고 평범한 두 물건만 남겨 놓았다. 그러나 이 그림의 성공은 전면의 신기한 물체에서가 아니라 검열과 분석으로 얻어진 두 물건에서 얻어진다. 맥주병과 당근은 그것들 자체로는 얻을 수 없는 신비의 깊이를 동시에 드러내고 감추면서 거기 있다. 검열이 감각과 상상력의 깊이를 따라 내려갈 때 스스로 그 감각과 깊이가 된다.

이수명은 자주 자신의 성실함과 정직함의 희생자인 것처럼 보였다. 검열은 그의 운명이었다. 그러나 이 운명을 자각하는 자리에서 그는 이 검열을 진실의 도구로서만이 아니라 해방의 도구로 이해할 수 있었다. 이제 그는 꿈꾸기 위해 꿈의 시나리오를 반드시 준비하지는 않을 것이다. 꿈의 자유가 부자유한 현실 속에 어떻게 조밀하게 박혀 있는지 그의 시는 벌써 짚어내고 있다. ▨